序に替えて

一〇〇年も生きて来ると、心身ともに枯木のようになりまして、風が吹くとその強さ弱さのままに揺れ、雨が降ると走りもせず濡れるがまま、ポッキリ折れる時は折れるしかない、という心境になってくるものです。

世の中の急激な移り変りに晒されて、行く先は見通しがつかないほどの濃霧の中に私たちはいます。今こそ佐藤さんの毒舌で私たちを元気づけて下さらなくては……と気らくにハッパをかけてくる人がいますが、私はなにも、人を元気にするためににくまれ口を叩いてきたわけではなく、ただ、にくまれ口を叩くのが好きだから叩いてきただけのことなのです。

にくまれ口が叩けるのは人一倍強いエネルギーが湧出しているからであって、いわば毒舌とエネルギーは相関関係にあるといえます。

枯木になりゆく私を見て、海竜社さんは昔、私にエネルギーが溢れていた頃のエッセイを探し出し、その幾つかから抜き出した核心的数行を並べて一冊の本にして下さいました。

よくいえば「箴言集」ということになるかもしれませんが、「箴言」とは、「戒めとなる短い句、格言、教訓」と広辞苑にありますので、これを箴言集などとは、コッぱずかしくてとてもいえません。

しかしながらこうして六十代頃から折にふれ書いたものを並べてみますと、何をまあ、えらそうに、と思ったり、もっとよく考えて書け、といいたくなったり、ああ、昔は元気だったなァ、才能もあったなァ、と感心したり……。私自身としてはここに詰め込まれている私の思索（というほどたいしたものではないにせよ）

の変遷が偲ばれて興味深く思われます。

でも私がそう思うからといって、読者の皆さんにはそうでないかもしれません。

「才能がなくなったものだから、昔の着物を引っぱり出してお祭に出てくるようなことはやめよ！」

とお思いになってもいたし方ありません。

その時は、

「ごめんなさい」

ただ謝るだけです。

百嫗《おうな》
佐藤愛子

そもそもこの世を生きるとは　新装版――目次

矢でもテッポでも持ってこい！

不如意あってこそ

男が美しいとき

女の幸不幸

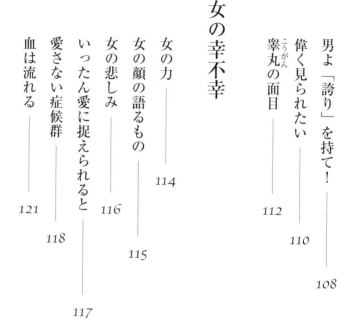

子供を育てる楽しみ

これで人間性が決まる！

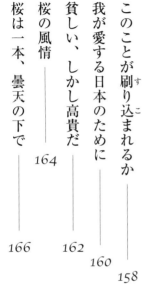

まあエエわ、そのうち死ぬんだ

まあエエわ、そのうち死ぬんだ……

「嫌い」なのは権力好きにカネモチ面《づら》をする手合い、インテリぶるやつ、小心者。よく考えもせずに「あの人やさしいのよ」と簡単にいう人（困ったことに今の世の中だんだんそういう人が増えている）。

好きなのは正直な人、純真素朴な人、インテリでない（自分をインテリと思っていない）人、倹約家（ものを捨てられない）、よく笑う人、などです。

ですからだんだんつき合いの幅が狭くなる。狭くても深ければいい、と思っています。でもその「深かった人」が次々に先立っていくのが何ともいえず寂しい。

親に死なれた時よりも辛《つら》い。

親が死んだ時は、こちらはまだ若く未来が開けていたけれど、未来が閉ざされつつある今、大切な友人に死なれるのは「ああ、たまらん」――。奈落《ならく》に落ちた気持になります。

けれども生きているということは凄いことで、「奈落」は時々やってくるけれど、日常の新しくやってくる現実に紛れて少しずつ薄らいでゆき、やがて忘れるのでしょう。

「まあエエわ、そのうち死ぬんだ……」

こう思うことがこの頃、多くなっています。そう思えば口惜《くや》しいことも妬《ねた》ましいことも怨《うら》みも薄らぐのです。

『冬子の兵法　愛子の忍法』

敬老の日、廃止せよ！

折しも敬老の日である。

「フン、なにが敬老か！」

「ふだんは散々、年寄りをないがしろにしといてからに、一年にいっぺん、申しわけみたいに敬老の日みたいなもん作ってからに、おじいちゃん、おばあちゃん、いつまでもお達者でいて下さいね、がんばって下さいね、なんて歯の浮くようなことテレビでいうてる」

「がんばって下さいって、なにをどうがんばれというのや！」

「敬老の日」なんて空々しい祝日は廃止せよ！

私と友人は二人でこれから廃止運動に入ることを決議したのであった。

『上機嫌の本』

毎日が敬老の日

「敬老の日」なんて、本来なかったものが急に作られたのは、老人が弱者にされてしまったためであろう。昔は「毎日が敬老の日」だったから、そんなものは必要なかったのだ。

『女の学校』

このまま朽ちるに委せて

このところ、梅雨の中休みというか、降らずにムシムシして、最悪の気分ですね。私は整体の先生から「佐藤さん、年を考えて仕事を引き受けるようにして下さいよ」といつになく厳しい顔でいわれました。

お医者様嫌いをもう三十年もつづけているので、検査などしたことがないのです。血圧もコレステロールとやらも知らない。

今、検査をしたら、あっちもこっちも傷んでいるところだらけ、という有りさまだろうと思い、そうなると厄介なので、このまま朽《く》ちるに委せるつもりです。

『冬子の兵法 愛子の忍法』

感謝していただく

私はグルメ、美食家と聞くと、どうも敬遠したくなる。「黙っている美食家」ならよろしい。「沈黙のグルメ」なら結構。自分がいかにグルメであるかを吹聴《ふいちょう》するなんて、恥知らずといいたい。たかが食いモンじゃないか。つべこべいうな、といいたくなる。やたらに「おいしいもの」を食べたがる手合いも敬遠したい。

『冬子の兵法 愛子の忍法』

エイ！　メンドくさい！

私はしばしばヤケクソになります。
エイ！　メンドくさい！　が私の人生を作ったような気がします。メンドくさい！　と後先《あとさき》考えずに踏み越えようとするために、波瀾が更に波瀾を呼ぶという具合（こういう場合、人は「波瀾」といわずに「悲劇」とか「不幸」という言葉を使います。しかし私は悲劇とも不幸とも思っていないので、どちらにしても波瀾という言葉を使ってしまうのです）。

『冬子の兵法　愛子の忍法』

イジワル婆ァのほくそ笑み

古稀《こき》を迎えた時、

秋晴や古稀とはいえど稀でなし

と、思いつきの句を詠《よ》みましたが、それから七年経って昨年秋の喜寿の感懐は、

にくまれる婆ァとなりて喜寿の菊

というものでした。

そんな私の句を読んで「大いににくまれババアになって下さい。今はにくまれババアが求められている時代です」などと無責任なことをいう編集者がいます。かつての私ならそのオダテに乗って、東奔西走してにくまれ口を叩いて廻ったものだけど、今は、「そのテはくわなの焼蛤《やきはまぐり》」。誰がにくまれババアになるもんか、と一転してイジワルババアになりました。

花散るやイジワル婆ァのほくそ笑み

わかる？　つまり、こうですよ。ある日、突風が吹いて丁度見頃の桜の花がパーッと散ってしまう。

あらら、風が……口惜《くや》しいわねえ、みんな散ってしまったじゃないの……。

と、がっかりしている花見客を想像して、一人ぽっちのばあさんが、

「散れェ散れェ……もっと散れ、ク、ク、ク」

と喜んでいる。そういう趣向ですよ。

『冬子の兵法 愛子の忍法』

上手に年をとるとは

実際、上手に年をとるということは考えてみると、大へん難しいことだ。いかに上手に年をとって行くかということで、女の値うちというものはきまるのではないだろうか。それはいかに自分を客観視し、いかに自分を知っているかということにもつながることなのである。

『愛子のおんな大学』

七十稀でなし

人生七十古来稀なり
花を穿《うが》つ蛺蝶《きょうちょう》は深深として見え
水に点ずる蜻蜓《せいてい》は款款《かんかん》として飛ぶ
風光に伝語す共に流転《るてん》しつつ
暫時《ざんじ》相い賞して相い違うこと莫《なか》らん

と、唐の昔、曲江《きょっこう》のほとりで杜甫《とほ》が詠歎《えいたん》して以来、「人生七十古来稀なり」は広く人口に膾炙《かいしゃ》して「古稀」という言葉を産んだ（とは私の考察だけど）。とにかく、それくらい七十まで生きるということはたいへんなことだった。

ところが今はどうか。
六十、還暦で「子供に還る」などといい、赤いちゃんちゃんこ着て喜んでいたのが、まだ六十よ、それ、第二の人生を楽しもう、大いに恋もしよう、セックスも、結婚もという光景、珍しくない。
どだい我が家など、娘も孫も私がいったい幾つになったかなんて、知らない。

「おばあちゃん、幾つなの？」

と孫が訊いている。娘、

「幾つかな。七十はとっくに超えたよね？」

と考えている。

一家の大黒柱の年を忘れるとは何だ、とは私は怒らない。この頃私は前のように怒らなくなっているのです、もう怒るのも飽きた。


『冬子の兵法 愛子の忍法』

新しい波が来て古い波は……

佐藤愛子、七十八歳。漸く人並みの「分別」というものを身につけたということでしょうか。

それとも気力の衰えか。

こうして「時」は過ぎて行く――。

北海道の岡の上から大空や海原《うなばら》を見渡しながらしみじみ思っています。ここへ来てから二十五年。

その頃は見渡す限り放牧地と牧草地で、赤い屋根の牧場主の家が緑の中に点在しているだけだったのが、海産物加工工場が出来たり、ハーモニカのような老人

ホームの建物が建ったり、少しずつ変化して行ってます。そしてやがて岡の上のこの家も風雨に朽《く》ちて、

「昔、ここに佐藤愛子という小説家がいたんだとよ、すぐに怒る変った女だったってひいじいさんがいってたべ」

といわれる日が来る。新しい波が来て古い波は岸辺に砕けるのです。

『冬子の兵法 愛子の忍法』

沢山生きてみなくては

この年まで生きてくると、全人生を見渡すという態度が身についてくる。若い時分は目の前のことしか考えないから、つまずきや苦難を悲しむ。私にもそんな歳月がいやというほどあった。しかし今、漸く全体が見渡せるようになってきた。こういう見方が若い頃にできていれば、と思うが、やはりこれは沢山生きなくてはわからぬことなのであろう。

『死ぬための生き方』

今更のことではないが……

あれやこれや考えたところで、ボケるものはボケるのだ。死ぬものは死ぬ。仕方がない。すべて神のみ心のままだ。

他人の無理解、噂、誹謗《ひぼう》、屁《へ》とも思わず生きてきた吾輩である。ボケてもの笑いになったからといって、今更のことじゃない。さんざん、迷惑をかけて六十八年生きてきた吾輩だ。今更「迷惑をかけたくない、」などと気取っても始まらない。

そう度胸を据えて、ボケるものは怖れずボケることにした。手に余るようならさっぱりと殺してくれればいい。

——と強がりつつ、その胸を蕭々《しょうしょう》と風が吹いている。

『我が老後』

老人は無用の長物か

賢いネコは年老いると、飼い主に厄介をかけたくないと考えて、死が近づくと家を出ていくという。しかし我々はネコではない以上、ネズミを取らなくなったからといって老人ホームへ姿をかくす必要は少しもないのである。老人は年老いたことによって、はたして無用の長物となるのであろうか？

ひと昔前の老人は必要以上にいばりすぎていた。その反動か、いまの老人は必要以上に遠慮しすぎている。

「もうもう若い人たちのおじゃまはいたしませんですよ。若い人たちには若い人たちのやりかたというものがありますからハイ。それはいろいろ、見かねることはないではありませんけれどもねェ、オホホホ……」

と笑う声には、心から喜んで隠退したのではない、寂しいあきらめがにじみ出ているのである。大切なことは、若い者にとって、年寄りの存在が必要であることを感じさせる老人になることだ。

必要といっても、ただ子守りとか留守番などというような日常の便利ではない。人生の先輩、経験者としてイザという時にいい智恵を貸してもらえるという信頼を若者に与える老人になることである。ふだんはうるさい姑さん、ガンコばあさんでも、信頼と尊敬を持てる人間であれば若い者は一目おくし、その存在を必要とするものなのだ。

同じ老人ホームへ行っても、むすこたちの心の一角に存在している場合と、老猫ナミの老人ホーム行きとは大いに違うのである。

『老い力』

死は希望になる

今はただひとつ、せめて最期の時は肉体的に七転八倒せずに息絶えたいということだけを願っている。しかしこればかりはいくら願っても自分の意志ではどうにも出来ないことであるから、その時は七転八倒するしか仕方がない。いかに七転八倒するとも時がきたら死が終らせてくれると思えば、死は希望になる。そう思うことも私の死支度のひとつなのである。

『老い力』

矢でもテッポでも持ってこい！

この世にはイヤでもせんならんことがある

私は幼稚園へは、行ったり行かなかったりだった。

父は「いやなものを無理に行くことはない」という。だから天下晴れて行かなかった。

そのうち小学校に上がることになったが、これがまたいやでたまらない。

今から思うと、外へ行く時は必ず誰かが一緒だったから、家から離れて一人ぼっちになることが怖かったのだろうと思う。

しかしその時は何がいやなのか、わけをいいなさい、といわれても、とにかくいやというほか、なかった。

ぐずついていると、ある朝ばあやがこういった。

「お嬢ちゃん、なんぼお嬢ちゃんやかて、どうしてもせんならんことがありますのやで。この世にはイヤでもどうしてもせんならんことがおますのや」

それでしぶしぶながら私は学校へ行った。

「この世にはイヤでもせんならんことがある。なんぼお嬢ちゃんやかて」という言葉は、七歳の我儘ガキの胸を貫いたのだ。

――そうか！　そうなのか！

――そういうことなら、行かねばならんのやろなあ……。

細かく分析すると、そういう順番になる。あえていうと、人にはどうしてもどんな人にも「逃れられないこと。――しなければならないこと」がある。それを理解したということだ。

我儘ではあるけれど、私はわりあい賢い子供だったのだ。

ばあやは何げなくいったことだったのだろうが、それはばあやが苦労に苦労を重ねてきて、その結果身についた人生観だったのだろう。
この「ばあや哲学」はその後の私の生き方の基礎になった。

『日本人の一大事』

私が縋《すが》った言葉

私の夫が経営していた会社が倒産し、その倒産額は二億だという。二億と聞いてもびっくりしなかったのは、当時（昭和42年）の私の金銭感覚では捉《とら》えられない、殆ど天文学的数字だったからである。

ウソだろう。間違いだろう――。そんな感じだった。

そのうちジワジワと実感がきた。この家は四番抵当まで入ってるとか、今に借金取りが押しかけてくる、中には暴力団まがいもいるなどと聞くと、さすがの私もキモが潰《つぶ》れて、身体から力が抜けた。

たまたま倒産と聞いた二日後に、小学校の同窓会が開かれることになっていた。

私はあらかじめ出席の返事を出していたのだが、出席するどころか、気持も身体もヘナヘナになって動けない。それでとりあえず臼井先生のところへ行って身体を調節してもらおうと考えた。

すると先生はいつものように私の背骨を触った後、こういわれたのだ。

「佐藤さん、何があったんですか。いつもと身体が違いますね」

それでかくかくしかじかと倒産の顚末《てんまつ》を話したところ、先生は静かに穏やかにこういわれた。

「佐藤さん、苦しいことがきた時に、そこから逃げようとするともっと苦しくなりますよ。いっそ苦しいことの中に座りこんでそれを受け止める、その方がらく**く**なんですよ」

と。

「ですからね。今日これから同窓会へ行きなさい。大丈夫です。行っていらっしゃい」

その言葉が私の人生を決めた。その方が「らく」という言葉に、恰《あたか》も溺れる者が、投げられた浮袋に取りつくように、忽ち私は縋った。誇張ではない。私の人生はその言葉から始まったのだ。

『日本人の一大事』

受け止めた方がらくになる

よし、行こう――。

とその場で気持が決った。そして私は同窓会へ行った。

行くと会はもう始まっていた。

「佐藤さん、遅かったね」

といわれたので、

「いや、実はうちの亭主が一昨日《おとつい》倒産してね、そんなこんなで遅れたのよ」

というと、みんな目を丸くして、

「君は、倒産したというのに、よく来たねえ……」

と驚いている。

そうか、やっぱり普通の人はこんな時にノコノコ同窓会なんかに来ないいんだな……。

——でもわたしは来た……。

そう思うと元気が出てきた。私にはここへ来る力があったということが、多分自信になったのだと思う。

その後の私は阿修羅《あしゅら》のように戦った。逃げるともっと苦しくなる。受け止めた方がらくになる——。くり返しそう自分にいいきかせつつ。

苦しんでいない時は、どんなによい言葉も素通りして、猫に小判になってしまう。苦しんで、求めている時に出会った言葉は身体の奥の奥まで染み込むものなのだ。

『日本人の一大事』

苦労が身につかんなァ

私はよく遠藤周作さんから、「君は苦労したのに、ちっとも苦労が身につかんなァ」といわれる。私の四十代は惨憺《さんたん》たる苦労が次々に襲ってきた時代だが、その苦労の半分は自分で作った苦労であったことに今になって気がついた。火事で我が家が燃え出した時は人は逃げる。それが災難を出来る限り小さく食い止める人の知恵だ。ところが私は燃えている家の中に濡れムシロを持って入っていく、というようなことを何度もしてきた。それも決死の覚悟を固めていくわけではない、大丈夫だろう、何とかなるだろう、と思って火事の中に入っていく。

苛酷な現実の火の粉を浴びて、こりゃかなわん、こんな筈じゃなかったと思うが、火の中に入ってしまったものはどうしようもない。あっちの火の粉を払い、こっちの火を踏んづけ、夢中で走っているうちに気がついたら火事の家を突き抜けていた……。

「ほうら、抜けられたじゃないか」

と思う。その時はもう火の粉を払った時の苦労を忘れている。だから「ちっとも苦労が身につかんなア」ということになるのだろう。

『上機嫌の本』

矢でもテッポでも持ってこい！

賢者は、人間いかなる時でも平常心を失うなという。その通りだ、至言《しげん》だと私も思う。しかし私にはその「平常心」というやつがどんなものかわからないのだ。平常心とは「ふだんと変らない落ちついた心」のことだろうが、私はふだんからそんな落ちついた心の持ち主ではない。ふだんから、「矢でもテッポでも持ってこい！」という心でいるものだから、何かあるとすぐ逆上してつっ走ってしまうのだ。だから外からやってきた苦労を、自分で倍にも三倍にもしてしまう。

しかしその厄介《やっかい》な気質のおかげで、まあまあ元気に人生への情熱を失わずに生きてこられた。私がなめた苦労の数々は、「ひとのせい」ではなく、自分が膨張させたものだと思えば、人を怨んだり歎いたりすることはないのである。

『上機嫌の本』

ろくでもない女

小説家にもいろんなタイプがあるけれど、私の場合は書くことによってずいぶん人を傷つけてきたと思います。鈍感だから平気で抉《えぐ》るのでしょうか？　自分でもよくわからないけれど、人間というものへの飽くなき好奇心といいましょうか。人間の面白さと悲しさへの共感といおうか。そんなものが抑え難く胸の裡《うち》にとぐろを巻いているのです。ほんとうに我ながら「いやらしい人間」です。戦前は小説を書く男だとわかると、

「娘を二階へ隠せ」

といったものです。私の父などは、あの女性は小説を書いていると聞くと、

「ふん、どうせ、ろくでもない女だろう。男に相手にされないから書くんだろう」といったものでした。何十年か後に自分の娘がその「ろくでもない女」になるとは神ならぬ身の知るよしもなく、です。

『冬子の兵法 愛子の忍法』

「事実」の奥の「真実」を

私の立場をいうと、人には「事実」のほかに「真実」というものがあり、その「真実」とはどういうものなのかが気になってしょうがない。ある人物を書こうとするとまず取材をするけれど、そこで得た知識のもうひとつ奥にある「真実」を知りたいと思う。人は滅多《めった》に真実を語ろうとしないものだから（自分でも自分の真実がわからない場合が多いものだし）、そこで作家が推量します。

例えば「辛《つら》かった」「悲しんだ」「嬉しかった」という単純な一言でも、それがその人の心のどんな部分から出てきたか。それをわかるには、まずその人物の性格を理解する必要があるでしょう。

「あの人の不幸を心から悲しみます。なんてお気の毒」

とある人がいったとする。その時、その言葉がその人の胸の、どのあたりから出たものかを私は推察せずにはいられない。通りいっぺんの挨拶か、心の底からの同情か。あるいは黙って何もいわないからといって、冷たい人と決めてしまっていいのか？

人が人を本当に理解するなんて、不可能だということはわかっています。けれども、それをわかりたいと思ってしまう。そんな厄介な人種が小説家なのです。


『冬子の兵法 愛子の忍法』

まことの花のまことの咲きよう

ある年の五月、所用のために山荘へ行った。いつもは夏がきてから行くことにしていたので、五月ははじめてである。約五百メートルの山道を上って我が家へ入った。

と、思いがけず赤いものが目に入った。あッと思った。源平ウツギだった。いつの年だったか知人が来て、これなら大丈夫でしょうといって植えていった源平ウツギが、名前通り赤と白の花を咲かせているのである。

おそらく、それまでどの年も源平ウツギは毎春、花を咲かせていたのだろう。しかし私が行くのは夏だから、花を見たことは一度もなかった。この庭は花と縁がないと思いこんでいたのだ。

源平ウツギは誰もいない庭で、風にも負けず凍《い》てにも負けず、季節のめぐりに従って無心に花を咲かせていたのだ。

そのウツギの健気《けなげ》さに、私は胸を打たれた。花は人に見られようとして咲くわけではない。極めて当り前のそのことを、改めて私は思った。花は人のために咲くのではなく、自分自身のために咲くのだ。人が愛《め》でようが愛でまいが、誰もいない庭でひとり咲いてひとり散っていた。これこそがまことの花のまことの咲きようなのであった。

『女の背ぼね』

身から出たサビ

私は今まで、自分を運命にもてあそばれる悲運の女主人公などと思ったことは一度もなかった。

平穏無事な家庭の中で歳月を重ねてきた人たちには、私の人生は悲運に満ちた嵐のようなものに見えるのであろうか。

最初の結婚に失敗した時、私はその頃可愛がってもらった作家の加藤武雄氏から、「秋雨に打たれる秋海棠《しゅうかいどう》、あわれ」という慰めの手紙を貰ったことがある。その時も私は、何やら恥かしいような嬉しいような、シリこそばゆいような、申しわけない気持になったことを覚えている。秋海棠はがらではない。せいぜいカボチャの花というところで……などと、テレかくしの返事を書いた。

私は自分の過去をふり返って好きなように生きてきたと思っている。私は私の好きなようにしたのだ。私はやむをえずそうなったのではなく、選んでそうした。普通なら忍耐するべきところをしなかった。諦めるところを諦めなかった。それで私の人生には波立ちが起きた。

夫の会社が倒産したので私は借金を背負った。三千四百万である。読売新聞では私を奇女だと書いていた。流行作家でもない女が、五年かかってそれを返そうというのだ。まさに奇女なりという文章である。

私はそれを読んで思わず笑った。運命が私を押し流すのではなく、私の気質が私を押し進めるのだ。

「あなたの身から出たサビやからしょうないね」

と母は私に一片の同情もない。まさに私の人生は、身から出たサビの連続である。

身から出たサビ——手許《もと》のことわざ事典をくってみると「自分で作った原因か

らその結果に苦しむ」とある。しかし私は別に苦しんではいない。身から出たサビと思って勇躍して戦う。

『老い力』

人間の真実はわからない

人間の真実なんて、わかった気になっていても、本当はわからないということがわかってきました。それは私にとって書くことの意味ですね。

『オール讀物』（2013・11）

まだまだ許さんぞ

この夏も北海道で四十日間生活して、いよいよ今日帰るという時に、粗雑な鉄平石のテラスに小さな靴下とかハンケチとか乾したままになっているのに気がついたんです。片付けの手伝いに来ている人がいたので、その人に頼めばいいのに、こういう時私は人に頼んでいるより自分でしたほうが早いと思うタチでね、気がせいているので走らなくてもいいのに走ったんですよ。そしたら躓《つまず》いてね。勢いついているから、でこぼこの硬い石の上に叩きつけられて、肋骨にヒビが入っちゃったわけ（笑）。頭を強く打ったんですよ。すぐには立てないぐらいだったんだけど、その瞬間思いましたね。こんなに頭を打ってアホになったら『晩鐘』はどうなる、って……。お医者さんに行く暇もないから、そのまま空港に行って東京へ帰りました。その翌日、お医者さんに行ったらヒビが入っていてね、九十になってあんな石の上で勢いついて転んだら折れてもおかしくないのに、ヒビだけですんだなんて、有難いというより不気味ですよ。まだまだ許さんぞ、と神さまにいわれてるみたいで。

『オール讀物』（2013・11）

不如意あってこそ

不《ふ》如《によ》意《い》あってこそ

生きるということは我慢したり、不如意や不幸を耐え忍んで乗り越えていく努力をすることに意味があるんです。自分の求めるものをすべて獲得することが幸福だという考え方に対して、基本的に私は疑問を持つ。

不如意があってこそ人生は面白いんですよ。充実するんですよ。

『日本人の一大事』

生きることの意味

この世は矛盾、不平等に満ちている。それを受け容れて、頑張って乗り越える——それが生きることの意味なのよ。私はそう思って頑張ってきた。

『日本人の一大事』

正論とは

正論というものは相手のレベルが低いとただの観念論になってしまいます。

『日本人の一大事』

現代の病人は

病人になった時から「誇《ほこり》」を捨てる。
どうやらそれが現代の病人の心得のようで。だから私は病院へ行きたくない。

『男と女のしあわせ関係』

人は人、自分は自分

この社会に生きるということは、そう何でもかでも自分の思うようにならないものと決っています。それにいくら文句や要求をいっても、他人を変えることなんか出来っこないの。自分が変るしかないんです。例えば「ほめてほしかった」、といったって相手は「ほめたくない」のだから、要求しても無駄だ。

「そういう人もいるのね」

と思っていればそれでいいんですよ。そう思うように努力すれば、そのうち「人は人、自分は自分」と思えるようになり、生きることがらくになる。それが肝ッ玉母さんになる第一歩である。
私はそう思って、そう生きてきました。

『日本人の一大事』

病弱の顔、幸不幸の顔

健康な人は決して他人の病弱がわからないものだ。大声出して笑っていれば健康だと思っている。自分が病弱になった今、やっとわかるようになった。病弱は必ずしも病弱の顔をしておらず、幸福も不幸もまたそうであると。

『男の学校』

無限の可能性

人はみな、善にせよ悪にせよ無限の可能性を持って生きている。それが人間の面白く、またすばらしいところだと私は思う。自分をも含めたあらゆる人間の可能性を信じて、我々は生きていきたいものだ。もっと自分の心をからっぽにして、星を見るように、草や花を見るように、自由で虚心な目で人を見たいものだ。頭で考え判断を下すことではなく、それぞれの人のあるがままのありかたをそっくりそのまま受け入れたいものだ。

『女の背ぼね』

力は出せば出すほどわいてくる

女は困難なことを乗り越えると、必ず力がつきますから。私なんかも、なんで強く生きてこられたのかと考えると、二十代で結婚相手がモルヒネ中毒になって離婚して、四十代で二番目の夫の数千万円の借金を肩代わりして、娘を抱え一人でやりくりして……どんづまりになる回数が多かったから、そのたびに力がついたんですね。力っていうのは出せば出すほどわいてくる。今の人は力を出し惜しみしてますよ。

『いきいき』（2013・12）

人を大きく許せる人

私は心の広い人に魅力を感じる。どんな場合でも鷹揚《おうよう》に笑っていて、むやみに興奮しない、人を大きく許せる人が私は好きである。というのも私自身、心が狭くてすぐ興奮するタチなので、人間は自分にないものを持っている人には憧れを抱くものなのだと思う。

『女の背ぼね』

ハラの中は空っぽ

上坂さんのお手紙読んで、「そうだなあ……私には『生きている間中、ゼッタイ許さない人』っていいるかなあ」と改めて考えたんだけれど、「ゼッタイ許さない」と私のことを思ってる人はイッパイいるだろうけど、私が「許せない」と思う人というのは、どうもいないようだなあ。

喧嘩は数限りなくしてきたけれど、喧嘩をしていいたいことをいい、喚《わめ》きたいだけ喚くとそれでハラの中の異物はすっかり消化されて、吐き下《くだ》しの後みたいにキレイサッパリ、空っぽになって何も残らない。

だけど多分、私のように雷鳴轟《とどろ》かすことが出来なかった先方は、いつまでもハラの底にわだかまりを持っていて、私への怨念は多分死んでもつづくのでしょう。

パーティーなどでそんな人（編集者が多い）と顔が合った時なんか、何しろこっちはきれいサッパリ忘れているから、

「あ！　コンニチワ……」

といおうとして、「コン」くらいのところで、プイと横を向かれ、あ、そうか、あの時のことか、やっぱり根に持ってたんだネ、と改めてわかる、といった経験は何度もあります。

「自分がそうだからといって、相手も同じとは限らない。それを弁《わきま》えておきなさい」

なんて娘に説教したりしているけれど。

どうも私は特殊らしい。


『冬子の兵法　愛子の忍法』

「いい人」の部分「いい人でない」部分

「あの人はいい人よ」

と簡単にいう人がいる。

どんなふうに「いい人」なのかというと、「愛想がよくて親切」だという。しかし彼女が愛想がよくて親切なのは、その人（彼女のことをいい人だといった人）がカネモチだから（あるいは単純に、好きだから）であって、カネモチでない人（好きでない人）には無愛想で冷淡なのかもしれない。

あるいは誰に対しても愛想がよくて親切かもしれないが、その反面、出しゃばりで嫉妬深いかもしれない。

愛想よさと親切だけが表に出ている間は「いい人」だったが、そのうち出しゃばりでヤキモチやきの面が出て来て、「いい人」ではなくなる。すると、「あんな人とは思わなかったわ、欺されていたわ」ということになるのだが、しかし、それ——愛想よくて親切で出しゃばりでヤキモチやき——が「彼女」なのである。「いい人」の部分もあるし「いい人でない」部分もある。それが彼女なのだから、いい人でない部分が出て来たとしても、欺されていたなどと大仰に失望することはないのだ。

はやばやと「いい人」だなんていったのが、間違いだった、それだけのことなのである。

『老兵は死なず』

勝負の錦のひたたれ

若い頃のおしゃれは、〝美しく見せる〟ことが目的である。しかし中年のおしゃれは、人にどう見られるということよりも、心にハリを持たせ自分を励ますことに意味があるように私は思う。私は夫の倒産で無一文になってから、赤い服を着るようになった。それまでの私はどちらかというと地味好みで、黒か茶系統の服ばかり着ていたのだ。それが急に派手になったので、人々は驚いて、

「ボーイフレンドでも出来たのではないか」

などといったが、下衆《げす》の勘ぐりとはまさにこういうことをいう。昔むかし、斎《さい》藤別当実盛《とうのべっとうさねもり》は源義仲との戦いに七十三歳にして白髪を染め、錦のひたたれを着て

出陣したという。まさに私もその実盛の心境で、我と我が身を励まして苦境と戦い、勝つために錦のひたたれを身につけているのである。

『愛子のおんな大学』

自然醗酵《はっこう》して身につくもの

「周りの人を引きつける魅力」とはどのようなものでしょうか、といわれても、優しさであるとか心配りであるとか、快活さ、明るさ、機智《きち》、信頼感とか、抽象的な言葉は幾つでも出てくるが、ほんとうの魅力というものは機微に属するものなのである。ハウツーで身につけるものではなく、その人のキャラクターと人生経験の多寡によって自然に醗酵して身についていくものであろうと私は思う。

『女の背ぼね』

〝勿体《もったい》ない病〟を克服しても

〝勿体ない精神〟は、かつては女のたしなみの第一のものであったのに、今は〝勿体ない病〟などといわれて、克服しなければならない厄介な習性となってしまった。この習性を克服しなければ、今はスッキリと生きられないのである。

しかし、スッキリ生きるために、使い古しの物を捨てる主義に切り替えたが、捨てれば捨てたであれも惜しくこれも惜しく気分が鬱屈《うっくつ》し、少しもスッキリしないと述懐した中年婦人もいる。

『女の学校』

優しさを形式で

昔は心にない優しさを、形式によってカバーした。優しさ優しさと簡単にいうが、それは人間への理解力、洞察、推察の力によって培《つちか》われるものであるから、そう簡単に持てるものではない。だから、おそらく昔の人は、他人への気配りの形式を教え、その形式に従うことで、優しさの代りにすることを考えたのであろう。

『上機嫌の本』

心にもないことはいえない

幾つになってもすぐに興奮して我を忘れる癖が私にはある。それともうひとつ、幾つになってもベールをかぶせてものをいうことが出来ない。生来短気者のあわてん坊なのである。心にないことはいえない、というのは子供のうちは美点だが、おとなになると欠点だと、よく人から教えられた。しかし教えられれば教えられるほど、ますます直情径行《けいこう》になっていく。先日もある菓子メーカーからお菓子の試食をし、後でその感想を書いてほしいと頼まれた。

「もしまずかった時はまずいといってもいいのならしません」

と答えたところ、忽ち断られた。

『老い力』

弱さに身を任せていいのか

人間は弱いものであるという認識と許容を持たなければいけないという。全くその通りである。しかし自分自身の弱さまでついでに許容していいものであろうか？

「人間は弱いものである」という認識から「だから弱くてもいいのだ」という自己容認へと繋《つな》がって行く当今の考え方が私には腑に落ちない。弱いことが「人間的」であるとして歓迎される。臆病、女々しさ、裏切り、惰弱、すべて人間的なこととして許される。

「人間ですからなァ」

そういいさえすればよくなって来た。

「私はダメな人間なんです。臆病者の上に怠け者のケチ」

自分からそういえば、相手はアハハと笑って親愛感を抱いてくれる。弱点を隠して強がるものだから、ああ見えてもあいつはホントは臆病者でねえと蔭口《かげぐち》をきかれることになる。弱さをさらけ出して生きることが、いかにラクなことかを現代人は見つけたようである。

しかしそのラクさに身を任せていると、だんだん精神力が衰弱して行くのではあるまいか。私はそれが恐いので、痩せ我慢をはって強がりをいうのである。

『男の学校』

一人で耐える力を

私は日頃から苦痛に対して強い人間でありたいと願っている。若い頃はちょっとした頭痛にもすぐに薬を飲んだものだが、ある時からそれをやめた。薬に頼らないで身体を動かして治すことを考え出したのだ。

私は薬嫌いでよく人から笑われるが、それはいつか来るであろう大病、最後は薬の力でも癒《いや》されない苦痛が来た時、一人で耐える力を培っておきたいからである。

そんな私は強いのではなく、多分弱い人間なのであろう。

『女の背ぼね』

男が美しいとき

男の優しさ、エゴイズム

女はもう少し利口《りこう》になって、男の気持わかるようになりなさい、というのは簡単である。しかし、男の優しさと男のエゴイズムの機微がわかるようになった女は、男にとってはもはや何の魅力もない年になっているのである。

ホントに人生というものは、全く、うまく行かない仕組になっているものだなあ。

『女の学校』

男が美しいとき

男性美というものは、男の意志の力が自然に蓄えて行く美しさのことである。男性美ということばを聞くと反射的に隆々たる筋骨の体軀を連想するが、そのたくましい筋骨が美となるのはそれが志向する力、意志の力から生れ育ったものであるからだ。志向するもののない男性、意志を失った男性がどうして男性美を作り出すことが出来るだろう。

かつて男性には女をひきつけ、とらえ従わせるために力をつちかった時代があった。女を獲得するために命がけで敵と戦った時代があった。男の闘争心が、彼らを輝かせた。また男としての誇りが彼らを美しくした。

『こんないき方もある』

女のムキ　男のムキ

女はムキになるので滑稽《こっけい》になる。では男はムキにならないから滑稽にならないか？　いや、ムキにはならないが、ムキにならぬだけに何となく男は間が抜ける。その間が抜けたところに男のユーモアが存在する。

『朝雨　女のうでまくり』

紳士の条件

「たしなみ」と「やさしさ」と「勇気」——私はこの三つをまず紳士の根本条件としてあげたい。

男の勇気について、方々で論じはじめられたようだが、私は男としての信念に向って進む力から生れるものとして勇気ということを考えている。人間が生きる上で現実生活の中から立ちはだかってくるもろもろの抵抗（現代はその抵抗がいかに大きく複雑なことか）——その抵抗に負けず、妥協せずに進んで行く力こそ、男の男たる力、まことの紳士の持つべき力なのではないだろうか。実に勇気はその抵抗と戦い、乗り越える力から生れるものなのである。

『こんないき方もある』

男もバンザーイ

家庭の頂点に聳《そび》えていて主導権を握り、女房子供を従え且《かつ》、守るという責任を負っていた頃の男たちは、その苦労の代りのように権威をふりかざしたものだった。今、男たちは権威を捨て、女の力の陰に身を置いて、威張れなくてもいい、らくに暮そうという気になってきているようだ。

「いいよ、いいよ、茶碗はボクが洗っとくよ。いいよ、いいよ、早くおやすみ。明日は早いんだから、洗濯はボクがしとくよ」

優しくそういわれると、奥さんの方は無邪気に喜んで、ますます頑張って働かねば……という気になっていく。男と女の差なんかあってはならないのです。男女は平等です。もはや男の時代は過ぎた、ついに女の時代が到来したのよ、といって女がバンザイを叫んでいるそばで、もしかしたら男も、

「バンザーイ」

小さく一緒に手を挙げているのかもしれない。

元来、女の生命力は男の比ではない、それくらい強いものだった。それを知った男は、一所懸命に男社会を作って、女の力を撓《た》めようとした。そうして幾変遷の末、男は女の力に頼る方がトクだということを知り、女の力に押し切られた格好をして、本当は女に何もかも委せて責任のないラクな身分になりたいと考えているのかもしれない。

人のいい女は元気に委せてあれもこれも一人で背負って頑張り、やがてヘトヘトになっていく。男はそれをニンマリ待っているのかもしれないのである。

『女の背ぼね』

夫の浮気　妻のヤキモチ

いかなる世でも、いかなる地でも、東西古今を問わず、人の妻たる者の心を悩ましてきた事柄に夫の浮気がある。浜の真砂《まさご》は尽きるとも世に盗人のタネは尽きぬように、夫の浮気は尽きぬものである。

かねてから、私は何が厄介といってこの夫の浮気に対処する方法を答えさせられるほど厄介なことはないと思っている。人間はそれぞれの生い立ちがあり、環境があり、教養があり、性格がある。ヤキモチをやかずにはいられない妻あり、どうしてもヤキモチを表面に出すことの出来ぬ妻あり、ヤキモチをやかれるとおそれおののいて行ないをつつしむ夫あり、やかれればやかれるほど妻から離れて行く夫あり、ヤキモチをやかれないと、ますますいい気になって妻をナメる夫あり。それを一概にやくべし、やかざるべし、などと答えることは出来ないのである。

たとえば夫の浮気に対してヤキモチをやくことが出来ぬ誇り高い妻とやかれないとますますいい気になる夫との組み合わせでは、厄介なことになっていくし、やく女房とヤキモチこわい夫との組み合わせでは、まあまあ、波乱はありながらも何とかもっていく。夫婦というものは、長い共同生活のうちに自然にのみこみ合ったものがあって、それによってバランスをとるテクニックを身につけていくものであるから、夫婦問題に関しては本当は他人のアドバイスなど無用なものである。

『女の背ぼね』

夫はネコ

一つだけ私が明瞭にしておきたいことは、人間の本性の中には（男女を問わず）浮気への欲望があり、それを否定することは出来ないということである。私たち女はまず、そのことをハッキリと認識して、浮気を大問題と考えないように訓練することが必要なのではないかと思う。

男が浮気をするのは、ただチャンスがあったかないかの問題だけであって、妻への愛情とはまったく無関係のところで行なわれるということである。ネコがネズミを追いかけるのは、飼い主のくれる食いものに不服があるわけではない。ネズミがそこにいるから追うだけのことなのだ。ネズミのきりょうや気だてに惹かれたわけでもない。

　そうだ、妻たるものは夫の浮気の相手をネズミと心得ればよろしい。ネズミに逃げられたネコ、うまく捕えて食べてしまったネコ、あるいは窮鼠《きゅうそ》に嚙まれたネコ、いろいろあってもやがては飼い主のもとに帰ってくる。飼い主たるものはそれくらいの自負自信をもって悠然と構えているのがよい。

よく夫の浮気防止法として髪にクリップをまきつけ、栄養クリームのテカテカ顔でアクビまじりに夫の帰宅を出迎えるな、などとしたり顔していう男がいるが、たとえどんなに身だしなみをよくし、心から仕えたとしても、男は浮気するときはする。それを防止しようなどと思う時から女の不幸ははじまるのである。

『女の背ぼね』

男は善人

男性を〝いい気分〟にさせるには、うまい料理よりも、時間をかけた化粧よりも、スケスケルックよりも、何よりもこの偉く見られたい欲望を満足させてやることではないかと思う。女の中には例えば私のような箸にも棒にもかからぬヒネクレがいて、

「お若いですねえ、実際のお年よりも五つは若く見えます」

などといわれると、

「フン、お世辞使ったって、そのテには乗らないヨ」

と内心呟《つぶや》いたりするが、ふしぎなことには男にはそういうヒネクレは決してい

ないのである。

そういう点では男は誠に善人である。

「お若いわねえ」

といわれると、

「そうかなあ、ホントにそう見える?」

などと顎《あご》を撫《な》でて喜んでしまうのが百パーセントなのだ。


『女の背ぼね』

オッサンはムキになるのかならないのか

女はムキになるので滑稽になる。では男はムキにならないから滑稽にならないか？　いや、ムキにはならないが、ムキにならぬだけに何となく男は間が抜ける。その間が抜けたところに男のユーモアが存在する。

大阪駅の階段をコロコロと転げ落ちて来たオッサンがいる。転げて来るオッサンを、驚いて立ち止って見ている別のオッサンがいた。

「大丈夫でっか？」

転がりやんだオッサンに見ていたオッサンが声をかけた。転げて来たオッサンはムクムクと立ち上り、

「大丈夫」

ムクれて一言。むっとしたままさっさと立ち去る。見ていたオッサン、その後ろ姿を眺め、

「べつに怒らんかてええがな」

そう呟《つぶや》いてトコトコと立ち去る。それだけである。そこに何ともいえぬおかしみがある。


『朝雨　女のうでまくり』

男の燃え滾《たぎ》った血はどこへ？

ここへきて結婚しない女、子供を産まない妻が増えつつある。そのため結婚出来ない男、父親になれない夫が増えている。これを何とかせにゃあならんのじゃないですか、といわれる。何とかせにゃあならんことはわかっているが、当の若い男どもは、何とかせにゃならんと思っていない。そこが問題なのであろう。

男はオスの力、オスの魅力を失ってしまった。一方、女は自らが強くなることによって、男の強さに憧れ、頼る心を捨てた。女がそうなったから男がオスでなくなったのか、男がそうなったから女が強さを身につけるようになったのか。いずれにせよ、男は女にとって切実に必要な存在ではなくなったのだ。夫はいなくてもいい、恋人がいれば、という力ある女が増えてきた。父親がいなくても、一人で育てるからいい、という女性も出てきた。そのうち男はアッシー、メッシー、そうしてセックスの相手を務めるだけの存在に甘んじなければならなくなるだろう。男の本能は磨滅したのだろうか？　女を獲得するために燃え滾《たぎ》った血はどこへ行ったのだろう？

『上機嫌の本』

男よ「誇り」を持て！

男も女も今の若い連中は、楽しさのみを追い求めている。苦労や努力は彼らにとってまるで悪徳のようなものらしい。結婚生活というものには、不自由、不如意がつきまとうものであることはいうまでもなく、従ってそんな楽しくない生活に、自由と贅沢を知った女が簡単に入るわけがないのである。

そんな女どもを捕える力が今、男には必要なのである。まことの男の優しさとはどういうものかもわからず、皿を洗い洗濯をし、アンマをしてくれるから優しい夫で幸せなの、と喜んでいるような愚女に牛耳《ぎゅうじ》られて、イクジなしになり果てていることを恥と思ってもらいたい。男の「誇り」を持ってもらいたい。「誇りが傷つく」という感情を育ててもらいたい。

『上機嫌の本』

偉く見られたい

女はすべて、美しく見られたい、美人だといわれたいという願望を持っている。それと同じように男はみな、偉く見られたいという欲望を持っているものである。そしてすべての女が美しく見られるために化粧をし、流行の衣服に身を包むように、すべての男は自分が有能であり、犀利《さいり》であるという顔をしたがるものである。

女はすべて美しいのではなく、美しく見られたいと思い、男は偉いのではなく、偉く見られたいと思うその前の段階に、偉くなりたいという欲望が当然ある。しかし偉くなりたいと一口にいってもこの世はそう簡単にはなれぬ仕組みになっている。そこで〝偉くなりたい〟がいつしか悲しい変化を遂げて〝偉く見られたい〟

というせめてもの願いになるらしい。

『女の背ぼね』

睾丸《こうがん》の面目

かつて明治の男であった我が父は私の不良兄たちに向っていったものだった。

「そんなことで睾丸の面目が立つと思うか！」

男の睾丸には面目というものがあったのだ。だが今は睾丸はただの厄介ものとなり果てて、ブリーフなる女が用いるようなシロモノの中に押し込められている。

睾丸を解放し、睾丸に面目を与えよ！

気概を失った男たちに対して、私がいえるのはそれくらいである。


『上機嫌の本』

女の幸不幸

女の力

男は平気で道理や矛盾を飛び越えることは出来ないのである。それをする為には男性は、渾身《こんしん》の勇気を奮い起さなければならないが、女には勇気などいらない。反射的にパッと飛び越える。それだけだ。

男が女を怖いと思っているのはおそらくその力であろう。男は女自身よりもそれをよく知っている。

『老兵は死なず』

女の顔の語るもの

女の顔は彼女の人生の歴史を語りはしません。女の顔が語るものは彼女の感受性です。教養や個性です。そこで顔そのものではなく、化粧をふくめて顔にあらわし得るものでそれを語らせようとします。

よそおいはすべての女が持っているひとつの有望な表現方法です。だからこそ、よそおい終った女は、ちょうど芸術家がその作品の最後の仕上げの手を置くときのように、最後にもう一度鏡のなかの自分の顔をたしかめるのでしょう。

『三十点の女房』

女の悲しみ

女は嘘つきだ、男の嘘はバレるが女の嘘はバレない、とよく男たちはいいますが、嘘をつくことも残酷さを振るうことも、女は真剣に必死で行うからなのでしょう。女の残酷さのたぐいのなさ、そこに私は女の不安と悲しみを見ないではいられません。

『こんないき方もある』

いったん愛に捉えられると

男の自分に対する愛情の分量がはっきりわかるのは、その人がまだ、愛に捉えられていない時だからである。

いったん愛に捉えられるとその時から、相手の愛が見えなくなる。そうして懊《おう》悩《のう》がはじまる。

愛の迷いに苦しむ人は、他人の目からは丁度、山道で狐《きつね》に欺《だま》されて、提灯《ちょうちん》下げて同じところをウロウロしている人のようではないか。他人の目には滑稽《こっけい》でバカバカしいようだが、といってそれから逃れることは出来ないのである。

『朝雨　女のうでまくり』

愛さない症候群

この頃、結婚をメリット、デメリットで考える人が増えてきているようだ。そんな人に結婚のメリットとは何かと訊くと、
一、家賃を含む経済負担が半分ですむ。
二、精神的に支えられる。（助け合い）
三、安定感。（将来の不安がない）
四、一人だとあと十年かかる将来の設計が、二人なら、それほど苦労せずにすむ。
という返事で、デメリットはというと、「家事負担が大きい」の一言に尽きるようだった。

それ以外に学歴、背丈、容貌などの条件を考慮し、そのメリット、デメリットを秤《はかり》に載せて結婚をするかしないかをきめる。その結果なかなか秤がメリットの方に傾かないので、「結婚しない症候群」が増加しているのだということらしい。

ということは、「結婚しない症候群」というよりも、「愛さない症候群」というべきではないのか。

愛すればこそ「竹の柱に萱《かや》の屋根、手鍋提げても厭《いと》やせぬ」という行為に出てしまうのである。若い女がやれ背丈は、学歴は、といっているのは、男に「惚れる」という感情が磨滅《まめつ》したからではないのか。

「いや、磨滅じゃない、それは女が実力を持った結果です！」

と意気軒昂《けんこう》たる返事が返ってきたが、実力と恋心とは自《おのず》ら別モノではなかったのか。それとも実力を持った女をして「惚れさせる」だけの力を持った男がいないということとなのだろうか。

——惚れずにスッキリ実力女性。

しかし、それが（スッキリが）果して人生を充実させるものかどうか。心底人を愛し苦しんだことのない人生は、実は何の得るところもない寂しい人生なのである。

『女の背ぼね』

血は流れる

人を傷つけず、また自分も傷つかずに渡れる人生なんてないのである。愛するということも同じである。築いた愛を壊すということは、血を流すということなのだ。

『女の背ぼね』

こんなに一所懸命やっているのに……

全く女は生まじめである。その生まじめさで一所懸命、家庭作りに邁進《まいしん》する。家計のやりくりをし、住居を住み心地よくし、貯金をし、亭主を出世させ、子供を一流大学へ入れたいと思う。その現実を作るべく必死にムキになる。自分は買いたいものも買わず、行きたいところへも行かず、かくのごとく夫、子供、家庭のために尽くしているという自負が、その活動に勢いをつける。

「あたしはこんなに一所懸命にやっているのに……」

という言葉が何かにつけて出る。そういわれればまことにそのとおりなので、はたの者も黙って、それを聞いているよりしかたがない。

「あたし一人キリキリまいさせて、あんたたちはなによ!」

と怒る。しかしキリキリまいは彼女の勝手であって、いうならば好きでやっているこ となのだ。好きでやっているキリキリまいにおつきあいを強要されるはたの者は、気の毒とよりいいようがないのである。

『女の背ぼね』

惚れるとは

惚《ほ》れるということはどういうことか。欺されて悔いないということだと私は考えている。不実な男とわかりつつも尽す、それが惚れるということではないか。

『男の学校』

それは自分勝手に作り上げたイメージ

どうして人間は、こう自分勝手に作り上げたイメージで人（あるいはものごと）をきめたがるのだろう。「結婚前は、こんな人とは思わなかった」などといって、ダンナさんのことを憤慨失望している奥さんなどもよく見かけるが、よく考えてみると、それはダンナさんが豹変《ひょうへん》したのではなくて、奥さんが自分勝手にダンナさんをこういう人間だときめていただけだったのかもしれないのである。

『女の背ぼね』

夫婦の方向

夫婦は一心同体ではない。別モノ二個の人格が寄って、一つの個性ある家庭を作っていくものだと私は思う。女性はまずそのこと（夫婦は一心同体にならなくてはならないものではないということ）を認識した方がよいのではないだろうか？その認識を身につけることによって、自分だけで掲げている理想を絶対的なもの、動かすべからざるものだと思いきめる考えを捨てることだ。

結婚生活で大切なことは、太陽のように彼方に掲げた輝く理想に向って、高らかにラッパを鳴らし、邪魔モノと戦いつつ、ひたすら猛進することではなく、夫婦が互いに均衡をとりながら、ある時は妥協し、ある時は方向を変え、丁度、慢性の病気を克服していくように、少しずつ理想への足もとを踏み固めていくことだと思う。

『女の背ぼね』

私たちの夫婦げんか

私たちの夫婦げんかの中で最高に華々しかったのは、結婚当初のある日曜日のけんかである。そのとき夫は牛乳瓶《びん》を投げて炬燵《こたつ》の上は牛乳だらけになり、私はなるべく壊れないものをと（戦いの最中でもこと経済に関してはそれだけの心構えを失わぬのが私の自慢である）探した結果、くりぬき盆を投げマナイタを取りに走り、その間、夫はサボテンの鉢植えの十ばかりあったのを全部投げつくし、部屋の中は土とサボテンと牛乳と牛乳瓶のカケラとが散乱し足の踏み場もなくなり、その後の掃除のことを思って、漸《ようや》く私は冷静にもどったのであった（考えてみればその頃は我が亭主もまだ充分ファイトを持っていたとみえる）。その時も泊り客がいて、「もうすんだかい」といって、あとの掃除はそのお客がしてくれたように記憶している。

そうして、そのお客は掃除の終ったあと、卵とハムとトマトを買ってきて私たちに朝ご飯を作ってくれ、私たちは笑いながらそれを食べたのである。

『老い力』

形式がもたらす安心

戸籍というワク組の中で、夫という名と妻という名を冠《かぶ》せられている限り、夫は〝妻のもの〟であり、妻は〝夫のもの〟なのだ。
夫にも妻にもそういう安心があり、その安心の上で夫婦ゲンカをしたり、憎み合ったり、また仲よくなったりしている。それは形式がもたらす安定感のおかげだ。その形式が外されたとき、果して幾組の夫婦が安心して夫婦喧嘩をしていられるだろうか。

『愛子のおんな大学』

離婚の美学

どんなに嫌いになった夫、自分を苦しめる夫だったとしてもかつては夫と呼んだ人への、人間としての愛情と尊重を持って離婚したい。それが私の離婚の美学である。

人は何でもかでも、手段選ばずうまくやればいい、自分さえ幸福になればいいというものではないのだ。

『死ぬための生き方』

家庭という場所

家庭というものは、人間の持っている唯一の自然な場所である。一見、不自然に見えるようなことでも、それぞれの家庭での自然な交流というものがある。べつに子供の日だから、母の日だからなどといってさわぐ必要もない。十年選手の夫婦たちが子供を媒体とすることによって安定を保っているからといって、ことさら、夫婦愛が堕落したなどと、力んで嘆くこともないのである。

『三十点の女房』

夫婦げんかの妙諦

夫婦げんかの思い出を、楽しい思い出として残すためには、天衣無縫《てんいむほう》のけんかをするべきだと私は考えている。もっともそうしたけんかをするには、一つには才能というものが必要ではあるが、たとえ才能が乏しくても努力と習練によって作り上げることが出来るものだ。

ローマは一日にして成らず。

夫婦げんかの妙諦もまた長い経験と訓練によって、はじめて得るものといえるのである。

『老い力』

化粧する心

化粧をする心は、余裕から生じるものである。自分を美しく見せたいというこの女性特有の願望を女はどんなときも失ってはならぬと思う。美しく見えなくたってかまわないといった気持は、超俗のようでいて、決してそうではない。それはヤケクソというものである。

『こんな考え方もある』

子供を育てる楽しみ

この頃の親心

耐え難きことを子に耐えさせるのが親心だと思っていたが、この頃の親心は、どうやら耐え難きを自らが耐えることのようである。

『女の学校』

子供の味

世の中には記憶力がないために、「じっくり考える」ようになった人もいる。子供の時勉強が出来なかったから、落ちこぼれだったからこそ、「人の気持がわかる」ようになった人もいる。

アタマは覚えるためにだけあるのじゃない。

考えるためにあるのだ。

子供はラーメンじゃない。即席よりもじっくり作った方が味が出る。その味は、有名料理人の味ではなく、親が吟味して作る味である筈だ。

『女の背ぼね』

心の教育とは

教育という字は「教え育てる」と書きます。小学校が教えることの第一は人間としての基礎です。知識を教えることが第一義ではない。人間を「育て」なければならない。その頃だったかしら、時の文部大臣が議会で、

「これからは心の教育に力を入れなければならない」

といって、「心の教育とはどんなことか」と質問されると、

「それをこれから考えます」

と答え、私は呆気にとられたことがあったけれど、大臣に教えたい。

「心の教育」とは礼儀を教えることです、尊敬や感謝を教えることです。校長先

生に向って「謝れ！」などというのは礼を失することだということを悟し教える
ことだ。

『日本人の一大事』

時間をかけておとなになる

子供は未知なものを沢山抱えていて、そして夢がふくらむんです。未知のものがなければ夢も育たない。しかし育った夢はやがて消えていく宿命をもっています。現実の光を浴びることによって、いやでも現実の様相を認識させられていく。それがおとなになるということなんだ。時間をかけておとなになる。自然におとなになるのがいいんです。自然にわかっていくのがいいんです。「体得」ということはそういうことです。体得したことは血となり肉となってその人の人格を作るけれど、知識で与えられて知った真実は往々にして「それだけのこと」で終ってしまう。偏差値が高くて記憶力抜群なんて子供を私が評価しないのはそういうことなんですよ。

『日本人の一大事』

小さなけなげな力

子供らよ。しゃべるのをやめて、野に出よう。

何もしゃべらず走れ。飛べ。喧嘩せよ。

空の美しさ、空気のうまさを味わい、これ見よがしに咲くのではなく、静かにふと咲いている道端の小さな花に気づこう。

その花は誰に頼まれもしないのに、春が近づくにつれて凍《い》て土の中からモゾモゾと動き出し、人知れず芽を出し、茎を伸ばし、花をつけた。

その小さなけなげな力について考えよう。

その力を感じ取ろう。感動しよう。

華やかな花壇の花は、人が造った美しさです。道端の雑草の中に人間とは無関係にひとりで咲く野花。

いくら可憐でもそれを剪って部屋に飾ろうなどと思わない方がいい。それはけなげな野花に対して僭越です。

『日本人の一大事』

「子供の自然」はどこに？

まったく「いうは易し」ですよ。批判論評に明け暮れているうちにも子供らはどんどんおかしくなっていく。無邪気に喧嘩や悪戯《いたずら》をすればいいんです。それが子供というものなんですよ。なぜか今の子供はとっ組み合いや叩き合いをしない。女の子だって。

「イーだ！」

「べーだ……」

と顎《あご》つき出して喧嘩している姿なんて見ませんね。子供の喧嘩や悪戯はエネルギーの発散だったんですよ。

それを「相手の気持をわからなければいけない」というようなことなかれ主義の教育で押え込んでしまいました。子供が子供らしくなくなった、おとなしく、ききわけのいい子になったということは、エネルギーが出所を失って内向しているということです。

子供の出しているサインに気をつけなければ、なんて思ったって、そんなことわかるわけがない。うんと発散させてやればいいんです。子供には子供の自然がありますす。その「子供の自然」を妙なおとなの知ったかぶりで曲げてはいけない。

薄っぺらな言葉、観念がとび跳ねてる時代です、今は。一億総口舌《こうぜつ》の徒《と》になっている。

『日本人の一大事』

アタマにくる！

「だってみんなしてるんだもの」

私はこの「みんながそうしてる」というやつがダイのダイのダイキライである。

私の娘は文句をいわれるとすぐ、「みんなもしてる」「××さんもしてる」という。

私はこの言葉を聞くと、

「わからずやのガンコ頭のこのトンチキ母親め！」

といわれるよりもアタマにくる。


『娘と私の部屋』

それは「下司《ゲス》」だ！

私は父から叱られたことが殆どなかったのだが、一度だけ、何かのことで、

「ワーイ、ワーイ、儲かったァ」

といったことがある。その時いきなり叱られた。

「儲かったとか得《トク》したとかいうもんじゃない！」と。

とにかく損得を考える人間はみな「下司《ゲス》」だったのだ。だから私は損ばかりする人間になった。損ばかりしても、クヨクヨしなければそれでいいのである。


『日本人の一大事』

文句、文句、文句……

文句、文句、今の世の中、あっちにもこっちにも文句が飛びはねている。学校の先生は生徒に怪我をさせたといって父母に文句をいわれ、事なかれ主義になっている。エッチな冗談の好きな課長は、セクハラだと女性社員に文句をいわれ、心を入れ替えて謹厳にしていると、今度は無愛想だ、いばっているといわれる。今や「快適に暮す権利」が社会人として当然持つべき我慢や寛容を押しのけてしまった。自分の平和を守るためには、他人の平和を無視してよいというのだろうか。

かくて気の弱い人は文句に怯《おび》え、気の強い人はいつも喧嘩腰。鈍感人間だけが文句もいわず、いわれても平気で、楽しく暮しているのである。『死ぬための生き方』

いい人生とは

いい学校、いい会社、いい生活、いい家庭――しかし、〝いい〟とはどういうことか私にはよくわからない。それらが果して〝いい人生〟であろうか。いい人生というのは、意味のある人生、生き甲斐のある人生、という意味である。

私はそういう意味でのいい人生を子供に与えてやりたい。だから私は点数など2でもかまわぬといっている。貧乏はちっとも恥かしいことではないといっている。金持の中にも恥かしい人間はいっぱいいるといっている。虐めッ子がいたら逃げないでよく観察しろといっている。虐めッ子にも淋しい時があることを見とどけろといっている。私が娘に与えてやりたいものは、ゆとりをもってものを見る目と、そうして障害や不幸から滋養を吸い取って行く勇気である。

『愛子のおんな大学』

教育の本質

母親よ、自分の目で子供を見、自分の耳で子供の声を聞き、自分の頭で考え、判断せよ。

『死ぬための生き方』

子供を育てる楽しみ

時々私は思う。もし我が娘が世を騒がせるような不始末をしでかしたとしたら、人はいうだろう。とにかくあの母親は頑固で子供の気持なんかぜんぜんわかろうとしなかったのですから、と。それを知りつつ、自分の信条を子供に伝えようとせずにはいられない。結果はどうなるかわからない。だが子供を育てる楽しみはそういうことにあると私は思っている。その楽しみがなくて、厄介きわまる子育てなんぞ、どうして出来ようぞ。

『枯れ木の枝ぶり』

悲境をくぐり抜ける手段

私は苦闘に見舞われるたびに楽天的になっていった。貧乏は、実際に経験したことがないうちは、怖ろしいものであった。しかし実際に経験してみると、それは楽しいものでは決してないが、想像していたほど悲惨なものではなかった。

また借金取りというものも、会ったことがない間はやはり怖い存在だった。しかし実際につきまとわれてみると、怖いというよりは情けなく、いやらしく、そして滑稽に見ようとすればいくらでも滑稽になるものであることを知った。実際、たかが金のために大のおとなが目の色を変えてわめきまくるというのは本人が必死であればあるほど滑稽なことなのである。

私は娘にそういうものの見方を教えておきたいと思う。ちょっと価値観を変えれば様相は一変するのだ。それは悲境をくぐり抜ける私の唯一の防御《ぼうぎょ》手段だった。私のことをあなたは楽天的でいいわね、と人はいう。しかしもとから楽天的な人間だったわけではない。悲運が私を楽天的にした。そう考えると、悲運だからといって歎き恐れることもなくなって来る。このことも私は娘に教えておきたいのである。

『枯れ木の枝ぶり』

ちょっと視点をずらして

子供の成績がクラスの三番以内でないと、その子供の人生にヒビがはいってしまうかのように思いこむ人がいる。このごろの若いおかあさんの中には育児書と首っぴきで、赤ちゃんの体重、身長が育児書どおりでないといって悲観してノイローゼになったりする人がいるという。

どうしてそんなにムキになるのか。どうして、こうときめた以上、こうでなければならない、と思いきめるのか？　ちょっと視点をずらして頭に風を入れると、赤ん坊の体重も、子供の成績もたいした問題でないという気がしてくるものなのだが、その視点をずらせるという、男性にはきわめて簡単なことが、女の場合はなかなか出来にくいのである。

『女の背ぼね』

これで人間性が決まる！

このことが刷《す》り込《こ》まれるか

精神性の基本となるものは、

「今日一日、親切にしよう
今日一日、明るく朗らかにしよう
今日一日、謙虚にしよう
今日一日、素直になろう
今日一日、感謝をしよう」

という五箇条であると、心霊研究家の中川昌蔵《しょうぞう》先生がいっておられる。あまり素朴《そぼく》すぎて、理屈好きの現代人にはピンとこないでしょう。しかし、まさしくこれは真理である。私はそう思います。理屈として考えることではなく、これだけのことが刷り込まれているかどうかで人間性が決まると私は思います。

『日本人の一大事』

我が愛する日本のために

八十歳になった今は自分の安泰、幸せよりも、この国のことを考えるようになったからで、今の日本の有さま、あれやこれや見聞きするにつけ先行きを心配せずにはいられない。

日本はこのままいくとダメになる、と色んな年輩者が心配しています。けれども若い人たちの殆どは先行きの心配よりも今の安穏、自由だけを考えている。（先行きの心配をするとしたら、年金のことだけじゃないのか？）

「若い人」といっても十代、二十代だけではない。私にいわせれば三十代・四十代・五十代も入ります。「ヨン様」にウツツを抜かしているのは五十代からもしかしたら六十代もいるかも――と、ここでまた文句が始まりそうになってきたので、急いで口をつぐみます。

私はなにも文句をいうことを老後の楽しみにしているわけではないんですよ。我が祖国、愛する日本の前途を思う眞情が私をおしゃべりにさせているのだということを、どうかわかって下さい。

『日本人の一大事』

貧しい、しかし高貴だ

そりゃあね。貧乏よりも豊かな方がいいに決ってます。誰だって苦痛に耐えるよりも快適であることを願いますよ。政治の役目は国家と国民の暮しを守ることだから、政治は国益ばっかり考えますね。国益というのは実際の利益、つまり現実そのものですからね。例えば正義と国益とどっちが大切かというと、国益の方が大事だということになる。政治家にとっては国益にかなうことが正義になる。

それでも明治の政治家は「理想」を持ってました。国の発展と同時に国民の精神性を大切に考えていました。つまり、愛国心とか勇気、良心、正直、克己などなど。それによって日本人は誇りある国民になりました。けれども今、誇り高く生きている日本人はいったいどれくらいいるでしょう。それを大事に思う政治家は政治家として失格になるのかもしれません。

「フランスの詩人ポール・クローデルはこう語った。

『日本は貧しい。しかし高貴だ。地上に決して滅んでほしくない民族をただ一つあげるとすれば、それは日本人だ』と。」

私の尊敬する藤原正彦先生は「安全と繁栄以上に重い国の品格」という文章の中でそう書いておられます。

「日本は守るに足る国家といえるのか。まずは日本に独立不羈《どくりつふき》と品格を取り戻すことである。国益とはこれを守るものである」と。

全く同感です。クローデルの言葉に涙が出ました。

『日本人の一大事』

桜の風情

山道や田圃道、あるいは人通りのない住宅地の一隅に、ふと見ると満開の桜が植わっている——そんな桜との出会いが私は好きだ。

誰《たれ》に見しょうというのではなく、また殊更《ことさら》に満を持して咲きましたというふうでもない、雨の日、風の日、嵐の日、寒さ暑さ、色々な日々を黙々と過してきて今、ひとり静かに咲いている。自然に逆《さか》らわずに、時の流れに沿ってこうしているうちに咲く時が来た、それでこうして咲いていますといった風情《ふぜい》に私は思わず立ち止り、なにやら懐かしく哀しく立ち去り難い気持になってしまう。「お見事！」でもなければ「頑張ってますね」でもない、「おや、こんな所にいましたか」といいたいような。桜は散り際よりも、静かに力いっぱい咲き切った盛りの姿に哀れがあると私は思う。

『老い力』

桜は一本、曇天の下で

思えばもう五十年も昔のことになるが、その頃、私は敗戦の日々を生き延びるためにある農村でお百姓の真似ごとをして暮していた。森も川もない、地平線まで一望の甘藷《かんしょ》畑という場所だったが、家の勝手口の前に一本の桜の木があった。特に枝ぶりがよいというのでもなく大木でもない。忙しい日常の中ではそこに桜があることさえ念頭に置いていなかった。

ある午後のことだ。急に厚い雲が垂れてあたりが暗くなってきたので、洗濯物を取り入れようと勝手口を出ると、突然遠雷が轟《とどろ》いた。と思うと薄暗い空に一瞬、稲妻が走った。稲妻の黄色が消えた後、ふと見ると遠雷と遠雷との間《はざま》の静寂の中、桜が静かに盛りの花を咲かせていた。
息を呑むほど花の淡いピンクが鮮やかだったのは、背景の空が暗い灰色だから
だった。その時この美しさを表現したいという欲求が生れたが、どんな言葉でい
えばいいのか皆目わからずに私は立ちつくしていた。それが私が「表現すること」
への欲求を持った最初だったような気がする。
桜は一本、曇天の下で一人で見るに限る。
その時以来、ずっと私はそう思っている。

『老い力』

同じ日本人なんだけど……

何をしゃべれというんです？　もうこの頃は何をいう元気もなくなりましたよ。ああ昔は元気だったなあ。おかまいなしにいいたいことをいってたなあと、我ながら感心したり呆《あき》れたり。

それだけエネルギーがあったということかしら。人がどう思おうが、わかろうがわかるまいが、いわずにいられないという——これは父祖より伝わった佐藤家の突進力ね。馬力《ばりき》です。

八十になった今は、当然パワーはなくなりました。でもパワーの問題だけじゃない。

私のいうこと、考え方なんか、わかる人はいないんだっていう――そう、無力感ですよ。それが先に立つの。今思うと以前だって、同じだったのかもしれないんだけれど、でもその頃は少くとも基礎は同じ、という信頼感があったわね。いえばわかる、賛成はしないけれど、キモチはわかる、そういう考え方があってもいいかも、と思ってくれる人がいる、と安心していられた。

この頃は全く異質の土壌にいるんですよ。今を生きている大多数の人――そう五十代までは私のいうことなんかわからないでしょう。六十代後半から七十代になるといくらかわかる人はいるだろうけど……。安心なのは七十代後半から八十代、九十代ね。少数派です。

こっちが正しい、向うが悪い、というんじゃないの。

「同じ日本人なんだけど、チガウ」の。虻《あぶ》と蜂《はち》の意見のチガイというか、かたつむりとなめくじというか、似てるんだけど違う。違うから勝負にならない。そんな感じ。

それでもいいんですか？　いってもしょうがないと思うけど……じゃあいいましょう。
その代り何をいってても怒らないでね。嗤《わら》わないで、わかろうとして下さい。

『日本人の一大事』

バカは幸せではない

「現代人は矛盾を生きている」

なんてひと事みたいにいっているうちはまだいい。そのうち矛盾を生きていることさえ、認識しない日本人になってしまうんじゃないか。

え？　それで幸せならいいじゃないか、って？

ちがいます。それで幸せではなくなります。質素や忍耐力、努力を美徳と考えるようになろう。

我々はバカになってはいけないのです。バカは幸せではないのです。

『日本人の一大事』

勇気が磨滅《まめつ》して行く

今は危険を冒して悪に立ち向う人間は勇者ではなく、ハタ迷惑な「蛮勇」の持主として否定されるのである。

実に現代は策略の時代なのだ。人間は勇気をもって生きるのではなく、策略をもって生きる。悪と戦うのではなく、損を防ぐ策を講じてから悪から身を守る。そんなことでは勇気が磨滅して行くのも当然である。ああ、勇気や誇《ほこ》りという言葉は、貞節や愛国という言葉と同じく、もはや死語になりつつあるのか！

『男と女のしあわせ関係』

これ以上は！

この物質文明のこれ以上の進歩を止める——。
それが今、私が考えていることです。

『日本人の一大事』

文明の進歩は？

現代の文明の進歩は「人類の幸福とはどんな幸福か」を考えることをやめた上での進歩ではないのか？　目先の安楽、欲望の充足、便利、快適を目ざしている進歩です。その進歩によって人間の中で磨滅《まめつ》消滅していくものがあることに気がつかない。文明の進歩が人間を退化させている。そのことに人々はなぜ気がつかないんだろう。

「文明の利器嫌い」の私の家でも、お湯が沸《わ》くとピイピイと音を立てる電気ポットがあるし、扉が少し開いているとピイピイと教える冷蔵庫、加熱終了を知らせる電子レンジの音、お風呂が沸いたことを教える音など、一日中あちこちでピーピーブーブー、物が音を出しています。うるさいからそんなものはいらん、といっても、それしか売ってないのだから我慢するよりしかたがない。

でもおかげで、あっ、お風呂の水を入れすぎた！　沸きすぎた！　あっしまった！　あっ、気をつけなくちゃ、とドタバタすることはなくなったじゃないの、という人がいるけれど、今となってはあのドタバタも悪くなかったと思うのね。

もしかしたら、あのドタバタ。失敗。気をつけなくちゃ、気をつけなくては。アレは？　コレは？　ダメじゃないの、×チャン。気をつけてなくちゃ、何してるのよ、ホラ、ホラ、ホラ、と子供を叱ったりしていることで、頭はフル回転していて、そのお母さんのフル回転に巻き込まれて子供たちの頭も回転するようになる――なんてことはなかったかしら。ありましたよ。確かにあった。

『日本人の一大事』

アホになって流れていく

日進月歩のこの文明。なんて便利なんでしょう、と喜んでいるうちに、回転を忘れた頭は次第に錆《さ》びついていく。人は怠け者になり、注意しなくなり、考えなくなり、反射神経だけが発達していればいい、ということになっていく……のではないか。私はそんな心配をします。

今更ここで私がしゃべり立てるまでもなく、そのことに気がついている人たちは少なくないのかもしれません。しかし気がついているのだけれども、どうしたらいいのかわからない。人間の快適便利経済発展のために大地森林を侵蝕したツケが廻ってきていることくらいは小学生でもわかっているのに、止めることも出来ない。いったいなぜ？

人間は今、大きな矛盾の中を流れています。わかっているけど、心配しながらこの流れをどうすることも出来ないでいる。一緒に流れているしかない。流れまいとすると中洲《なかす》にとり残され、やがて溺れてしまうから。そして自分たちの人間としての変質にすら、気がつかなくなって、アホになって流れていく――。

その行く先は？

アホは行き先なんか考えないから気楽でいいけれども、アホでない人たちはこの物質文明の進歩の行きつくところを想像して暗澹としながら……やっぱり流れている。

『日本人の一大事』

「思いやり」はむつかしい

常に相手の立場になって考えること、そうすれば怒ろうとしても怒れなくなるものです、と私はよく人から説教されて来た。まことに現代は「思いやり時代」で、いたずら盛りの子供の時から「思いやり」を教え込まれ、若い女性は「思いやりのある人」を理想の男性とし、立候補者は「思いやりのある政治」を約束し、若い男性は「思いやりのある夫」になりますと結婚式で決意を述べる。

しかし、あまり人のことを思いやってばかりいたために会社をつぶしてしまった人もいるし、思いやりのあるご亭主は奥さんに浮気ばかりされているという例もある。本当に人を思いやる人間は敗者に多いことも事実である。

一口に「思いやり」というけれど、そんな簡単なことではないのだ。思いやりを失わずに尚且《なおかつ》、怒るべきときは怒る。これがむつかしい。
今の思いやり時代、へたに思いやってばかりいて、己れの主義主張を失ってしまう。どこで怒ればいいのかわからなくなる。人が怒るのを見てホッと安心して、そうか、やっぱりここで怒ってもよかったのネ、では、と改めて憤慨したりする。怒り選手を必要とするゆえんである。

『男の学校』

皆が己れを棚に上げて

いつからこうなったのか、ひとつの大きな流れが出来て、ものすごい勢いで日本を貫いている。その流れを「欲望の瀑流《ばくりゅう》」とでも名づけようか。我々日本人は、かつて美徳とした、欲望を抑えるということを放棄してしまった。今では我慢をすることは正しくないこと、人間として不自然なことだと考えられているかのようだ。欲望を満たすことが何よりも優先する。そしてそのためには「深く考えないこと」が第一なのである。

先日テレビで知識人（?）と目されている人たちが集って「神」「宗教」についての意見を交わしていた。日本人はなぜ信仰を持たないか、日本人にとっての神とは何かなどと分析的に語られていたが、そう語るその人にとって、神とは何かということには遂に触れられなかった。神の存在を信じるのか信じないのか、それもわからない。

「そもそも日本人というやつは」とか「だいたい日本人てのは」という言葉が頻《ひん》頻《ぴん》と出てくるが、その「日本人」の中にその人たちが入っているかいないのか。

知識人が日本人の国際性のなさについて論じる時にもそれと同様のことを感じる。皆が己れを棚に上げてモノをいっている。日本中が口舌の徒になっている。もし棚から己れを下ろせば、人間が神を怖れず科学を信奉してその領域を侵犯しはじめたことの傲慢さに気がつく筈である。私は今、造物主としての神の沈黙の中の眼差しが怖い。

『こんな老い方もある』

人間の思い上りでは？

人の生死は潮の満干と関わりがあるといういい習《ならわし》は必ずしも本当ではないということだが、潮が満ちると共にひとつの命がこの世に生れ出るという考え方が私は好きである。

ひとつの命が女の胎内に宿り、二百八十日、羊水の中ではぐくまれて、ある誕生の時が来る。その日がいつ来るか、誰にもわからない陣痛がはじまっても生れ出る時は夜になるのか昼か朝か、誰にもわからない。

そうして突然、赤子は呱々《ここ》の声を上げてこの世に躍り出る。それはまさに「潮満ちて」という言葉にふさわしい神秘の一瞬ではないか。

「生れる時が来たら生れるんだから」
だから何も心配することはない、苛立《いらだ》つこともないと年老いた女たちは産婦にいったものだ。女たちは出産の経験によって、目に見えぬ大きな存在の意志を知り、人間の無力さを悟ったのではなかったか。

先日、帝王切開で赤子を産んだ人がいた。難産のためではなくて、今月中に産めば、くにの母が手伝いに来られるので早く産んだという。来週は名医が学会で出張するので、早目に執刀《しっとう》してもらうという人がいる。これでは「産んだ」のではなく「出した」といった方がいい。

医学の進歩によって人間が人間の生死まで左右する力を得たらしい。だからといって調子にのるのは、人間の思い上りであることに気づくべきだ。

『男友だちの部屋』

幸福によって戦う

私は苦労の中で上機嫌に生きるために楽天家になった。楽天家になったことが更に苦労を増やし、それが更に私を楽天家にした。今は苦しくとも生きつづける限り、必ずいい日はくると私は信じて生きている。

「完全な意味でもっとも幸福な人とは、着物を投げ捨てるように、別の幸福を船外に適切に投げ捨てる人である」

とアランはいっている。

「だが彼は自分の真の宝物は決して投げ捨てないし、またそういうことはできるものでもない。突撃する歩兵や、墜落する飛行士でさえもそういうことはできない。

彼らの内心の幸福は、彼自身の生命と同じく彼ら自身にしっかりと釘《くぎ》で打ちつけられている。彼らは、武器によって戦うように、幸福によって闘う。倒れようとする英雄にも幸福はあるとの言もここから来ている」

これが私が目ざしてきた幸福の境地である。

「武器によって戦うように、幸福によって戦う」

私はこの言葉が好きだ。

「倒れようとする英雄にも幸福はある」

願わくば私の残る人生がそんな幸福で支えられますように。

『上機嫌の本』

出典著作

『三十点の女房』（1970年刊）
『愛子のおんな大学』（1973年刊）
『朝雨　女のうでまくり』（1976年刊）
『女の学校』（1977年）
『娘と私の部屋』（1978年刊）
『男の学校』（1978年刊）
『枯れ木の枝ぶり』（1980年刊）
『こんないき方もある』（1981年刊）
『男友だちの部屋』（1981年刊）
『男と女のしあわせ関係』（1985年刊）

『老兵は死なず』（1985年刊）
『こんな老い方もある』（1990年刊）
『上機嫌の本』（1992年刊）
『我が老後』（1993年刊）
『死ぬための生き方』（1993年刊）
『冬子の兵法　愛子の忍法』（2001年刊）
『日本人の一大事』（2004年刊）
『老い力』（2007年刊）
『女の背ぼね』（2009年刊）
『文藝春秋』（2013年刊）
『いきいき』（2013年刊）

著者　佐藤愛子（さとう・あいこ）

1923年大阪生まれ。甲南高等女学校卒業。小説家・佐藤紅緑を父に、詩人・サトウハチローを兄に持つ。1969年『戦いすんで日が暮れて』で第61回直木賞、1979年『幸福の絵』で第18回女流文学賞、2000年『血脈』の完成により第48回菊池寛賞、2015年『晩鐘』で第25回紫式部文学賞を受賞。2017年旭日小綬章を受章。最近の著書に、大ベストセラーとなった『九十歳。何がめでたい』『冥界からの電話』『人生は美しいことだけ憶えていればいい』『気がつけば、終着駅』『九十八歳。戦いやまず日は暮れず』などがある。

装丁デザイン　横須賀拓
本文デザイン・DTP　尾本卓弥（リベラル社）
編集人　伊藤光恵（リベラル社）
営業　青木ちはる（リベラル社）
制作・営業コーディネーター　仲野進（リベラル社）

編集部　鈴木ひろみ・中村彩・安永敏史
営業部　津村卓・澤順二・津田滋春・廣田修・竹本健志・持丸孝・坂本鈴佳

※本書は2014年に海竜社より発行した『そもそもこの世を生きるとは―佐藤愛子の箴言集〈2〉』を新装復刊したものです。

そもそもこの世を生きるとは　新装版

2023年7月23日　初版発行

著　者　佐藤　愛子
発行者　隅田　直樹
発行所　株式会社 リベラル社
〒460-0008　名古屋市中区栄3-7-9　新鏡栄ビル8F
TEL 052-261-9101　FAX 052-261-9134
http://liberalsya.com
発　売　株式会社 星雲社（共同出版社・流通責任出版社）
〒112-0005　東京都文京区水道1-3-30
TEL 03-3868-3275
印刷・製本所　株式会社 シナノパブリッシングプレス

ISBN978-4-434-32265-5　C0095